給他貓下去

蔡有利 채유리———著

尹嘉玄———譯

轉眼間，已經到了朋友們
都在炫耀寶寶的年紀…

哼，
不能輸。

嘻嘻～
我也要來發文…

獨自炫耀貓咪的人。

當其他人都在打電話
向父母問安時，

我還在噁心地
對媽媽撒嬌裝可愛…

當其他人都在煩惱儲蓄金、
保險費、子女養育費時…

我還在不切實際地幻想著⋯
感覺就是個永遠長不大的小屁孩。

難以用其他形容詞包裝

總是在哼著歌的…

單純傻妹。

…這人是，傻子？

但我頭
卻很大。

不論走到哪裡都氣勢逼人

唉─
看來連小時候尿褲子的事
都要拿出來炫耀了。

結果腦容量小，
頭卻很大…
根本是包裝不實啊…

ㄎㄎㄎㄎㄎ
ㄎㄎㄎㄎ

天啊，我都為你感到羞愧…

如此單純的人…
所畫的家族故事。

那麼，就來正式
介紹我的家族成員囉。

白色耳尖

臉上有
著明顯
數字7

偏小的身軀

圓滾滾的尾巴

查古（♀）
推估是2003年4月出生。
2003年5月5日起，
至今已同居10年。
高傲冰冷的大小姐。

博多（♀）
和查古是親姊妹。
2003年8月加入。
威風凜凜的軍紀班長。

黑色面具

胸口正中央
有一塊大黑點

豐腴的體態

暗黑
破壞神耳朵

三色繽紛
大衣

巧可（♀）
推估是2004年5月出生。
2004年5月30日加入。
孤單難搞的邊緣人。

纖細的尾巴

坐姿有點內八

方正寬大的頭

肥嘟嘟的
嘴邊肉

異於常人
的技能

無止盡
的毛球

波比（♂）
推估是2009年6～7月出生。
2009年9月救援後送養，
2010年3月28日再度回歸。
貓界李昇基歐爸。（…咦？）

因為過著和其他人不同調的生活…

有些人會真心替我感到擔心…

要是有一天你們家的貓都走了，那你怎麼辦啊？

嗯…？

真是…
幹嘛突然這麼問

什麼怎麼辦？

＊這段只是和好友之間的閒聊，希望各位不要有任何誤會。

應該會很難過吧…

但…

反正…
不管生命長短…
只要是所有活著的個體，
都免不了死亡

我只求…「現在」
幸福就足夠了。

因為只要現在的幸福不斷累積，
便可以造就更幸福的未來。

完

博多（♀）

查古（♀）

巧可（♀）

波比（♂）

1.無心症

說來慚愧⋯其實⋯
我是個無心照顧小生命的人。

🌵 歹命的仙人掌 🌵

很久以前⋯

幾個月過後…

從此以後，
我便下定決心不再養任何植物。

🐾 辛苦你們了 🐾

不過，這麼不會照顧小生命的我，
之所以還可以養貓咪，是因為至少他們還會懂得表達。

肚子餓或不高興時，喜歡破壞
家中物品來洩憤的查古。

扔

扔

好好好！！
我馬上給你飯吃，
不准再往地上丟了！！

走走走　　　拖拖拖

喵～

啊？
要我陪你玩嗎？

但可能要用激烈方式表達，
我才會聽懂他們的意思…

到底是多麼聽不懂我們的話…

把東西推到地上…

扔

啪嚓

呃啊啊！！

你這臭貓！

快逃！！

偶到底要咬著丸季跟債你屁嗝後面…

（我到底要咬著玩具跟在你屁股後面多久呢？）

看吧…

像我就乾脆直接來學人類的語言…

第三章，「古」發音練習

啊…啊…

《ㄨˇ~

阿古～

I go～

任意抓　貓抓板

實際上確實會發出精準
的「古」音，並且構思
著第三世界的方言。

尤其在他們還是幼貓的時期，情況更是嚴重。

通常想到這裡，都應該…

…有這樣的反應才合情合理…

這就是無知＋無心的結果…（貓咪通常在5～8個月大時會換牙）

這些孩子能夠平安順利地活到現在，或許真的是…

多虧有神的恩典。

◎ 危機四伏的蝸牛 ◎

幾個月前…

索性直接把他們養在桶子裡。

幾天後…

總之…蝸牛意外地成了兩隻…

聽說蝸牛繁殖力強，所以還特地將他們隔離…

無辜的蝸牛，可不能被我活活渴死啊⋯

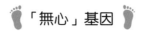

「無心」基因

這種「無心症」，很可能是來自遺傳。

很久以前的某天…一早就有位客人來訪

直到開過一個公車站的距離後…

走回學校的路途感覺更是遙遠。

或許這點真的是遺傳到我爸了…

🖤 不論如何… 🖤

據說，動物不管身體多麼不舒服，
都不太會表現出來。

千萬不能因為我一時的粗心大意
而留下遺憾啊…

不論是我要負責的
這些小生命…

還是當了爺爺奶奶的父母…

2.很久很久以前

每次吃飯一定會跟來湊熱鬧的波比。

這是過去從來不敢想像的事情…

．
．
．

2002年6月…

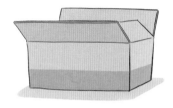

來，
你說想養貓是吧？

貓…
貓咪！！

在這邊先暫停！

我當時是嚷嚷了好幾年說要養貓。

在進入正題以前，

我們需要先將時間倒回到更早之前。

🐾 毛小孩愛好者 🐾

我出生在遼闊山坡地上的農場
透天厝裡，三兄妹中排行老么…

孤單的我，身邊總是圍繞著…

各種動物。

他們雖然是我爸媽的家禽，
但對我來說，是極為要好的朋友。

然後…就在我十七歲那年…
我們家的農場倒閉了。

雖然在房子、財產通通被騙走的情況下，
只有簡單收拾一些家當便離開了故鄉⋯
但是四處流浪後重新安身定居的地方
其實也和故鄉老家的環境差不了多少。

不過，一直住在塑膠屋裡終究也不是辦法。

6年後，

我們好不容易東山再起，買了一間像樣的房子。

過去只有在鄉下過農村生活的我，
23歲那年生平第一次開始過公寓生活。

然後…
那也是我第一次經歷沒有動物作伴的生活。

似乎就是從那時開始，
我一直很想養貓。

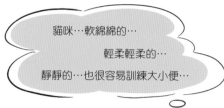

貓咪…軟綿綿的…
輕柔輕柔的…
靜靜的…也很容易訓練大小便…

啊…
光想就覺得…
心好暖…

貓咪是我接觸過的動物中，
最適合在室內生活的動物。

就這樣想養貓多年後…

其實坦白講，我沒有信心養貓…

因為還是半個無業人士…

也沒錢養貓…

只是美好的心願罷了…

🐾 小肥肉的回憶 🐾

就在當時，突然接到了一隻…

戒慎恐懼、極度警戒的小貓。

雖然是在毫無準備的情況下接到他，
但實在不想錯過長期以來朝思暮想的養貓機會。

當時我是稱所有貓咪為「小肥肉」，
所以這傢伙的名字也自然成了「肥肉」。

肥肉逐漸開始適應我的生活。

呼嚕

…？

啊～

怎麼辦…
太幸福了～

嘶一嘶

正當小肥肉對我快要徹底卸下心防時…
剛好碰上週末，爸媽回到了家中。
（當時父母親因為忙於務農，只有週末才會回家。）

萬萬沒想到，原來是我自己一廂情願地以為，
一直以來都有飼養家禽的父母，
應該不難接受家裡多一隻小貓成為家族成員。

爸爸完全不允許家裡養任何動物。

或許對於爸爸來說，

那是他歷經千辛萬苦好不容易才掙到的房子，

所以更堅決反對。

但是…

小肥肉是我必須負責照顧
的孩子…

…？

他是我第一個家人，而非爸媽的家禽。

然而，
小肥肉當時正值
最調皮搗蛋的年紀，

他要把壁紙
抓爛了！！

唰 唰

嗒嗒嗒嗒

我則是沒什麼經驗的新手貓奴。

貓廁太貴了…

就連便鏟也嫌太
貴，所以乾脆戴塑
膠手套大概清掃 →

隨意用紙箱製作
的小肥肉廁所

不久後，我找到了人生第一份工作，
從那時起，小肥肉獨守空閨的情形也變多了。

每天下班回到家，小肥肉都會在門口玄關處迎接我。
直到和他相處兩個月左右的某天…

總是在玄關處迎接我的小肥肉卻不見身影。

小肉肉～～！！

該不會…？

媽－你把小肥肉
帶走了嗎？

對啊，我把他帶來田裡，
誰叫你爸說絕對不准
把他養在家裡…

蛤，幹嘛啦！！
哪有這樣的，
都沒先跟我說一聲！！

但是其實一開始沒說一聲就把他帶進家門的人，是我。

啜泣

啜泣

後來，我到農場去看小肥肉。

他在農場裡看起來過得很好。

小傢伙…
看來你比較喜歡這裡吼？

也是…
就連我這人類也比較喜歡
這裡了，更何況是你…

當時他才剛滿三個月大。

正值活動力旺盛的時期，
我卻每天把他獨自留在家裡…
一定無聊慘了…

小傢伙…

那時候你一定很孤單吧…

我是個沒有資格照顧他的人。

我將小肥肉留在農場裡，獨自返家。

幾天後，
他被送到了農場附近餐廳的阿姨那裡。

小肥肉來到我身邊只有短短兩個月，便離我而去。

雖然這件事對他來說可能是好事，
但對我造成了很大的影響。

原本只是單純喜歡動物的我⋯

發現比起喜歡，能不能負責更重要⋯

而且為了能夠負責，要先有所準備⋯

這是我透過小肥肉學到的事。

完

小肥肉...

要是沒遇見你，

或許我會一直用不成熟的態度面對往後的緣分。

你在新家過得幸福嗎？

現在還住在那裡嗎？

和當時不成熟的我相處兩個月的日子裡，

我確實虧欠你許多。

對不起，小肉肉。

3.初次見面⑴

2003年初，我第一份工作只做了一個月便離職，

後來在一間由幾名年輕人共同創辦的企畫公司做雜誌做了半年左右…

我在本來就快倒閉的公司實在撐不下去，
便接受了別人的挖腳（我只是搭上了順風車）…
就這樣離開了大邱，前往首爾。

我在新公司附近找了一間小套房。

🐾 再次遇見貓 🐾

2003年5月，獨自生活兩個月左右時

太邱前公司主管K男來電。

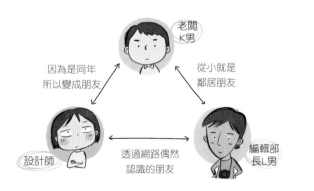

睜眼！

半夢半醒間，聽聞貓咪的消息興奮不已，隨意聊幾句便結束通話。

唔… 喵咪… 小肉肉…

嘖…
她怎麼什麼都不知道…
只聽到一些怪聲音…

啊…
耳朵好痛…

喵— 喵—

兩天後…因為家裡有事

需要回大邱一趟的L男打了通電話給我。

有利，
我如果把貓帶去首爾
你願意養嗎？K、我和你
三人各領養一隻如何？

蛤？

什麼…

養貓…？

貓…！！

沒問題！

OK！

這
天真的人…

K男撿到的小貓總共有三隻，
都是剛出生不到一個月需要喝奶的幼貓。

家裡已經有好幾隻狗的K男實在難以全部領養，
於是我也欣然接受了每人領養一隻的提議。

需要細心呵護的幼貓…

不多但穩定的薪水…

再也不會遭家人反對的自住套房…

這次真的

會負責到底…

…小肥肉…

這次真的沒理由猶豫了。

啊…？
對了，都還沒看過
他們的長相呢…？

點點貓？

橘貓？

白貓？

算了，沒差，
只要是貓都漂亮。

🐾 很高興認識你，查古 🐾

隔天，2003年5月5日，
我終於和遠道而來的小貓相遇了。

一個是戴著黑色面具的小胖貓，
一個是長得有點好笑的凸肚貓。

在毫無選擇餘地的情況下，「長得有點好笑」的那隻成了我的貓。

這不是問題。

因為瞬間眼睛就充滿了愛心⋯

身為攝影師的L男，
將他認領的新成員取名為photo的短舌音「博多」。

博多～
博多～

嗯…那我來想想…
這隻該叫什麼好？

看她肚子凸凸的，
乾脆叫查古如何？
ㄎㄎㄎ

什麼？！

查古：韓文指的是飯吃太多，
只有肚子鼓鼓的模樣，
是大邱地區使用的方言。

就這樣，查古成了我的家人。

原本應該待在媽媽懷裡的孩子們…

竟然在都市公寓大樓間的巷弄中被人發現。
那天，她們究竟發生了什麼事呢？

是被人丟棄，還是媽媽發生了意外，
或是媽媽暫時離開的時候被撿到，已經不得而知。

只聽說K男一大清早就聽到外面有貓叫聲，
所以前去確認，便發現這幾隻小貓。

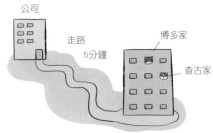

不論進公司還是回家，
我們總是把他們帶在身邊。

時間一到就會泡奶餵食，各自照顧負責的貓咪。

但也因為我們缺乏基本知識而讓他們吃了不少苦頭…

後來換成貓咪專用奶粉後，查古的拉肚子問題便神奇地解決了。
原本凸出的肚子也漸漸恢復正常。

好吃樂園（맛동산）：韓國餅乾，
因貓糞沾著貓沙的樣子和這款餅乾形狀相似，所以用來形容貓大便。
越是健康的貓，就越能產出美味可口（？）的好吃樂園。

🐾 登山 🐾

有查古作伴的上班路途。

查古很受歡迎。

聳肩

*查古因為年幼，加上體
型特別嬌小，出門時都會
被我抱在懷裡。但是一般
來說，和貓咪外出時，記
得一定要放在外出籠裡比
較安全。

白天博多和查古一起玩耍、一起睡覺…

東倒

西歪

揮打

然後下班回家的路上。

啊，是超市大叔。

您好！
她很可愛吧？

唉─
只有小時候可愛，
等她長大你就知道可怕了…

左耳進右耳出…

只有小時候

可愛

等她長大你就知道有多可怕啊…

ㄎㄎㄎㄎ
ㄎㄎㄎ

好可愛～♡

大家也不得不承認，我們家查古有多萌。

呼～
山上真舒服，
對吧？

山頂上的空氣好清新啊

佛出山

完

博多和查古

她們是我當時看過最年幼的貓咪，

很感謝她們雖然來到毫無知識和經驗的我們身邊，

卻能夠順利平安健康地長大。

（photo by L男 www.Lovenphoto.com）

4.過來這裡，博多

🐾 轉捩點 🐾

要是人生都按照劇本走，多無聊啊…

原本是為了做雜誌而北上的…

沒想到公司都還沒正式營運就解散了。

結果淪為無處工作的失業人士。

不過，也在那時出現了一個新的機會。

我遇見了一位牧師，他有長期關注我在網路上基於興趣刊登的漫畫，

那是我第一次收取稿費作畫，雖然是夢寐以求的工作，

但真的萬萬沒想到會發生在自己身上…

…但是能養得活自己嗎…？

於是，

我成了畫家…

L男成了攝影師…

我們都各自在自己的領域打拚…

必須經常外出攝影的L男，

也變得越來越常託我照顧博多。

姊妹

咬！

揮拳　咬!!　揮拳

嗎啊——！

好像玩得有點過頭？？

汗…

哈囉…
孩子們…？

一起死吧！

嘰嘰嘰嘰

在一陣鬥毆之後…
用世界上最溫馨的姿勢
相擁沉睡的寶貝們…

呼嚕…

嘿嘿 ♡

要是沒有她們…
我想，我可能會考慮
是否要搬回老家

但是…

現在已經回不去了…

🐾 博多在等待中 🐾

啊，
不小心睡著了…
只要看著她們就會想睡…

嗯…？

博多咧…？

是因為我太疼
查古的關係嗎…?

這傢伙…

原來這麼小的貓咪…

也會想念她的主人啊…

搬家

每個月只保障固定收入40萬韓元的情況下，
實在不能繼續住在光月租費就要40萬的房子裡。

唉唷～
打包真的好累啊…

你去那邊慢慢哭，
這裡我幫你打包。

在首爾打拚
的日子裡，
幫助我很多的
大學同學J女。

哇一
阿姨好帥…

查古的家
新林4洞
小到不能再小的
隔間雅房

博多的家

新林9洞
小到不能
再小的套房

L男和我分別在不同社區找了房子。

以後…博多和查古
就很難見面了耶…

是啊…

不過這也只是一時…

怎麼辦？
聽說我不在家的時候
博多一直哭…

蛤？

博多～
把鼻出門囉…

一直要四處奔波拍攝的L男，
經常一整天不在家…

獨自留在家中的博多…

似乎是在家裡哭了一整天。

雖然都說貓咪比較不會
感到孤單…
但是博多是一隻
不習慣自己獨處的貓。

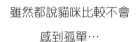

怎麼辦呢…？

L男的經濟狀況
又不允許再多添一隻貓…
而且要是再將博多送給其他人…

太不像話了！！

對吧…？

我不想讓你們從此天人永隔…

就這樣⋯2003年夏天，博多正式成為我的家人。

5.住隔間雅房時期

🐾 不可以養寵物 🐾

2003年8月…

是房東老太太。

啊，對了…
今天要付房租
給您，對吧？

我去銀行領個錢，
回來馬上給您…

啊…好啊，沒關係…

不過你是不是
有養寵物啊？

我看那邊垃圾袋裡
有一些像沙子的東西…

啊，是…
我有養貓～

怎麼了嗎？

搔頭

果然，
不出我所料。

100

因當時在外租房經驗不足，
完全沒料到屋主會反對養寵物。

＊有養寵物的朋友最好在租屋前先得到屋主同意，
不然事後產生糾紛的情況還滿常見的。

🐾 生活拮据 🐾

我早已預料到父母親會反對，
但原本是想說反正又沒和他們住在一起，應該沒有關係⋯

呼～

但站在媽媽的立場，
會那樣說並不為過。

付房租
好浪費…

這些錢
都可以拿來…T.T

銀行存摺裡的餘額
總是在見底邊緣…

哇，
我變瘦了

消瘦

褲子好鬆 ← 非計畫性地實踐
　　　　　　一日一餐中

在生活費都不夠的情況下，

飼料吃
好兇啊。

哇—
吃得很好哦…

喀滋

喀滋

CAT
FOOD

還要和兩隻貓咪
一起過生活…

但是就算日子過得多麼拮据，
也毫無想要放棄她們的念頭。

只不過…很少有人理解我…

這點倒是令我感到有些孤單。

貓咪不是直接丟外面
也會自己過得很好嗎？

寧願自己餓肚子
也不能讓貓咪餓肚子？

太扯了吧…

正值享受人生的階段呢·
太可惜了。

把錢都花在
貓身上了…

為了貓又要搬家？

真是受不了你…

寵物只是寵物啊…
應該多和人相處才是…

嘖嘖

他們都說養寵物的人
很難嫁出去呢…

怎麼辦呀…

聽說貓不會認主人呢，
那幹嘛養牠們啊？

還不如養狗…

＊當時和我比較要好的朋友裡，

幾乎沒有人是把寵物當家人的。

（因為是十年前，和現在的觀念不太一樣。）

在大邱時，總是和我形影不離的大學同學K女。

有利：
　　你也會覺得我很奇怪嗎？
　　都自顧不暇了還想著要守
　　護這兩隻…
　　你也無法理解我，對吧？

K女：
　　不會耶…我覺得我可以理解。
K女：
　　因為你愛她們，
　　愛的話就好好守護吧。

因為你愛她們…

愛的話就好好守護吧。

原本猶疑不定的心，
　　頓時間被點醒。

她們不只是「貓咪」。

而是我心愛的家人。

想要守護心愛對象是理所當然的事情。
不論其他人怎麼說我…或者嘲笑我…
我只要盡力守護好心愛對象就好。

＊K女並沒有養寵物，也沒特別喜歡寵物。她只是一位非常了解我的朋友，
也是一年前送走小肥肉時，在我身邊親眼目睹我有多難過的好友。

萬分感謝

房東老太太… 其實沒有我想像中頑固。

隨著相處時間久了…

房東老太太反而對我疼愛有加…

養貓的問題也就這樣安然度過了。

如今回想起來…或許也是因為除了養貓以外，

整體來說我算是好房客的關係吧。

整天飆罵三字經的隔壁房夫婦…

（他們明明還有一個年幼的兒子…T.T）

而他們隔壁住的是一名行為有點怪異的年輕男子。

不分深夜
還是凌晨，
總是會來敲打
我窗戶的男子…

雖然不一定是壞人，
但他的行為肯定
有違常理。

然後…樓上房客是完全不會

為鄰居著想的人…

辛苦坎坷的一年套房生活就這樣落幕了…
我搬離首爾，住進了京畿道。

不過這該如何是好…

看來不能不給
房東粉刷費了…

跳上窗框時把壁紙
刮花的痕跡

那可是我
的傑作

怎麼辦…？
完全沒有錢可以付給
房東！！戶頭全空了…

吼唷～
怎麼辦？
還是乾脆先跟
哥哥借一下…？

好不想跟家人伸手借錢啊…

住在隔間雅房的日子，

是我人生中最漂泊不定、孤單寂寞、窮困潦倒的時候。

而陪伴在我身邊度過那段時光的人，只有博多和查古，

所以我和這兩隻傢伙有著戰友（？）般密不可分的革命情感。

6.初次見面 (二)

🐾 真不該胡思亂想 🐾

2004年5月,

還住在新林洞隔間雅房的時候…

這⋯
這人⋯
在說啥呢⋯

當時，有位好友家裡養的土耳其安哥拉貓剛生產完⋯
於是，原本平靜的心再度起了漣漪。

咚！

老三

老三

老三

老三

老三

老三

老三

可能真的是腦袋秀逗了吧，
養兩隻就一直在喊窮了…
沒有本事養家餬口，竟然還肖想養第三隻！！

＊動物囤積症：囤積過多寵物，卻沒有能力安置照料。
（我才不是… 不要誤會…）

然而，當時的我渾然不知，
原來老天爺並沒有給我選擇貓咪的權力。

原來是C女的同事發現倉庫裡有一隻小貓，
於是趕緊把她帶了回來。

她的媽媽
說不定就在附近呢…

但是幼貓只要被人摸過就會
被母貓拋棄…
應該已經來不及了吧…？

唉…

有時候也不一定
會被拋棄

＊發現幼貓時，不要馬上用手觸摸，
附近有母貓在的可能性很高，所以建議先靜待觀察。
如果撿回後無法親自照料，還不如留在原地，
因為貿然的救援反而可能使動物變得更不幸。

喇喇

擔心

每三到四小時
就要餵一次奶…
可是她還要
上班工作…
有辦法餵嗎…

隔天。

不知道
有沒有什麼問題…

嗒 嗒

小貓還好嗎？

C女
我把她交給我爸
媽後就去上班
了…但是爸媽也
忙…所以都沒能
按時餵她吃飯T.T

蛤…！

糟糕，那還滿危險的…

怎麼辦…
要是那孩子出了什麼事…
我…過意得去嗎…

不行…

還是說至少
餵奶這段期
間我先幫你
顧呢？

嗒
嗒

嗒

我是真心想要幫她
照顧最費心的那一個月。

因為總覺得
那是身為半個失業人士
該伸出援手的事情。

好吧！就幫她
顧到斷奶為止吧！

斷奶後要帶回去養或者
送養給其他人，
就由C女自行安排囉！

嘖⋯
是嗎⋯？

來啦～

姊姊～

5月29日。

貓咪呢⋯？

提起來非常輕盈的
小紙袋

在這裡～

她是我當時
見過年紀最小的貓咪。

呼嚕⋯

啊⋯
唉唷⋯
我的天啊⋯

來，這個箱子暫時
是你的房間囉！

哪來的
小傢伙⋯

每三到四小時就要餵一次奶⋯

喝完奶
要幫她拍嗝⋯

還要拍打肛門誘導排便⋯

不分日夜…

不過話說回來…

怎麼辦…？

這傢伙斷奶後…
我會捨得把她
送走嗎？

嗚嗚!!

不…

怎麼捨得送走…

反正本來就有養老三的打算，
只好放棄原本鎖定的那隻貓，改養這隻小傢伙。

掰掰，小花紋⋯

一定要住進好人家喔⋯

畢竟你我還不認識，
但她已經和我相處
一陣子了⋯

這傢伙人氣也很旺。

哈哈～

嘿嘿～♡

啊～小可愛～

↑
在首爾認識的朋友們

🐾 巧可和姊姊們 🐾

猶豫

猶豫…

反之，查古則是…

老么巧可成了國小貓。

*國小貓：血氣方剛、青春無敵、活潑好動的幼貓期。

直到國小貓差不多長成高中貓時⋯

暴力和尖叫聲四起的日子正式來臨⋯

嗯…

好像是我想得
太美好了…

喵嗚!!

逃跑跑跑跑—

有著水汪汪無辜大眼的巧可，

當初餵她喝奶、把屎把尿的那隻迷你貓，

如今已經快滿十歲了，

但在我眼中依舊是個孩子。

7.發情記

查古和博多還小的時候，
我完全沒有任何關於貓咪發情的知識。

結紮手術？？

一定要做嗎…？

發情是有
多了不起…

喵

推打

翻滾

後來透過網路社團，得知了貓咪需要結紮這件事…

唉呀～應該每一隻貓的情況都不太一樣吧？這兩隻就算發情，應該也不會太誇張…

因為她們是乖寶寶。

但在內心深處…

還是希望我的貓咪不一定要結紮，也不認為這是什麼大事情。

後來…直到她們約莫8個月大的時候…

翻滾

磨蹭

磨蹭

嗯？

查古開始出現反常的舉動。

她怎麼了？？

磨蹭　磨蹭

等等…

這…這是！！

翹起

那…傳說中的…

發情？

怦！

......

磨地板～

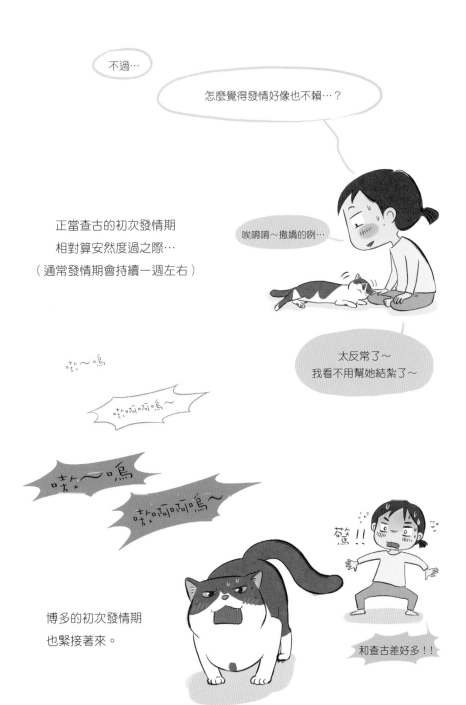

不過…

怎麼覺得發情好像也不賴…？

正當查古的初次發情期
相對算安然度過之際…
（通常發情期會持續一週左右）

唉唷唷～撒嬌的咧…

太反常了～
我看不用幫她結紮了～

唭～嗚

唭阿阿阿嗚～

唭～嗚

唭阿阿阿嗚～

驚!!

博多的初次發情期
也緊接著來。

和查古差好多!!

在小小隔間雅房裡，
看著鄰居臉色死守她們的
那段日子⋯

博多⋯
別再哭了⋯
房東太太已經不是很
喜歡你們住在這裡了⋯
要是再打擾到她就慘了⋯

喵嗚～

拍打

拍打

至少拍屁股時會安靜一些，
所以每到夜晚嗷叫時，
為了安撫博多，
我也必須跟著熬夜⋯

拍打
拍打

吼嗚～

趁博多暫時睡著時，我也必須趕緊把握時間補眠。

就這樣過了幾天…

呵呵呵呵呵呵～

嘻嘻嘻嘻嘻嘻～

我終於明白了。

這樣過日子真的
會死人…

淚眼汪汪

嗚啊啊～

博多啊…

媽咪真的…

好累啊…

你這情欲過剩的小妞…

母親大人、
父親大人，
我這不孝女…
養貓養到要往生了…

你們是不是早有先見之明，
所以才不讓我養貓啊…

但是…能怎麼辦呢…
這是我的選擇…
還是要負責…
不能因為累就不管她們吧…

呼嚕嚕…

你也一定…很累吧…

呼嚕…

好吧…
等你發情期結束，
我們就去結紮…好嗎？

還是放她去外面吧，
你這樣為了一隻貓實在太辛苦，
反正放去外面她也能自己生存，
手術費可不是一筆小錢啊…

什麼？手術？！你瘋啦？
好好的貓幹嘛帶去動手術啊？！

不能直接讓她
交配生孩子嗎？

好友們聽聞我的狀況以後，紛紛做出了不同回應。
也是…還沒親身經歷之前，我也難以理解為什麼貓咪要結紮。

我何嘗不想看看她們的孩子…

要是能親眼目睹我心愛的貓咪生兒育女，

一定會感到神奇又幸福吧…

但是…
在那之後呢？

那之後的之後呢？

我不可能對他們每一隻負責…

也沒有信心可以找到那麼多值得信賴的人來送養。

而且…貓咪在這世界上已經是飽和狀態了…

實在不想再為這世界增添貓咪數量。

（這只是我個人立場，並不表示讓貓繁殖是不好的事情。）

我找了一間知名寵物醫院，

把博多和查古一起帶去結紮了。

手術後我才知道，

原來查古已經進入第二週發情期…

她現在是發情期…

啊！一個禮拜前剛結束的耶，又來？！

博多則是…

她需要減肥。

啊…好的…

肥胖

幼貓飼料也要視情況餵食…

當時還在餵幼貓飼料

過胖……

總之，手術順利結束，孩子們也迅速復原。

總之…原以為終於…

可以暫時拋開初次發情的痛苦回憶…

重新迎接不再有情欲的世界…

沒想到半年後…

來了個更恐怖的小妞…

嗷嗚～嗷嗚嗚～

吭啊！！
才5個月大
是在發什麼
情啦！！

巧可基於一些理由，
初次發情後將近一年才幫她做了結紮…

這附近有沒有
比較會看貓咪的醫院呢…？

隨便找一家
實在不太放心…

過去那段期間，
巧可的發情症狀隨著時間越演越烈。

隔週一次的發情，嗷叫聲是基本，
還會在床上撒尿。

有一次，一位認識的哥哥剛好到附近出差，

來我家借住了一晚…

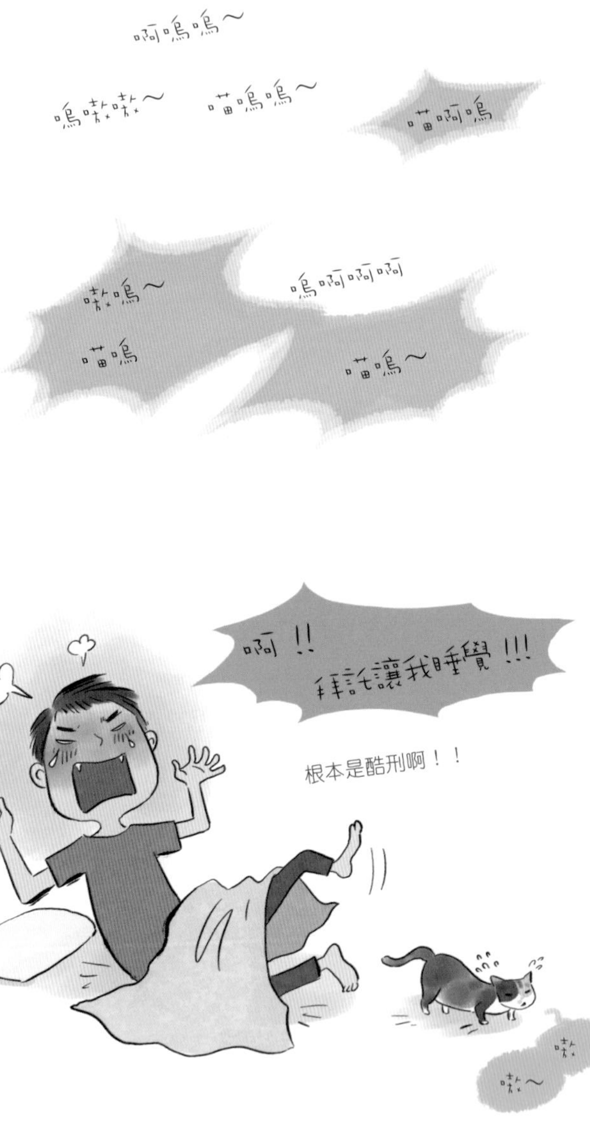

最終，很遺憾地…那位哥哥一覺都沒能睡，

急忙搭乘凌晨第一班火車離開了我家…

最後只好趕緊帶去鄰近的
動物醫院做了結紮手術。

巧可好像也因為手術打擊太大，

好幾天都不吃不喝…

我要買…
最貴最好吃的！

巧可～

直到給她平常最愛吃的
魷魚絲以後…

魷魚！！

嗅嗅…

巧可才終於打開了心房，找回了食欲。

＊雖然還是不太建議給貓咪吃魷魚…

那也已經是
很久以前的往事了啊…

她們的人生，會因為我的一個決定而受影響…

雖然這使我倍感壓力，有時也會感到有些抱歉…

……

…為何？

嘻一
……

但她們好像……過得都還算滿意。

結紮手術

一邊是對於街貓過多的情形表示不滿與不便的人，

另一邊是被誘拐或四處送養惹人煩的貓咪們，

再另一邊則是抨擊自私的人類，為了占有動物而進行人為手術的人…

我不奢望所有人都可以理解這項決定，

但是…

就算難以苟同，

也希望不要輕易對經歷過、苦惱過、痛苦過才不得已做出的這項決定，

在提不出其他更好的解決方案的情況下，就任意進行抨擊。

8.Come Back Home

🐾 一千天期間 🐾

精誠所至，金石為開。

想當初…

貓咪看能不能
送給其他人養，
都自顧不暇了
還想養什麼貓…

…這樣回應我的媽媽，

一年…兩年過去…

終於承認她們是我的家人了。

嘿嘿－

寶貝們…
阿嬤終於承認你們囉－

呼啊－

自從我離家不久以後，父母親就收掉了農場，

離開大邱到釜山和哥哥一家人同住。

＊當時的我以為，其他人結婚時我也會步入禮堂。

雖然已經是隻身在外過生活⋯

但心裡一角仍留在父母家裡。

就算不能再回去一起同住⋯

只要是父母親在的地方，就是我家。

這裡只是暫時借住的地方⋯

我想，

那並非單純因為我是個居所不定的租屋者。

 Come Back Home

父母搬去釜山差不多…2年多的時候…

什麼？
哥哥要搬出去？

所以，那個大房子只
剩爸媽兩人住囉？

呵呵…
終於重新享受
新婚生活啊…

ㄎㄎㄎ

所以啊…我想說如果你沒有
一定要留在那裡的話…要不
要乾脆搬來這裡住？

蛤…？

你在想什麼…
那我的這些
貓咪怎麼辦…

我有跟爸商量過了…

他同意讓你把貓放在房間和陽臺。

什麼？

是嗎…？

我以為是完全沒得商量的事…
還擔心是不是永遠都回不了那個家呢…

他們可能是擔心一個人在外地生活的女兒吧…

不久後，短暫回家幾天時…我得到了爸爸肯定的回覆。

幸好…爸爸在意的是味道，不是貓毛。

呵呵…
不能臭是吧…

貓咪是沒有臭味
問題的…老爸…

博多、查古、巧可以活動的範圍只有這樣。

需要安裝一扇拉門

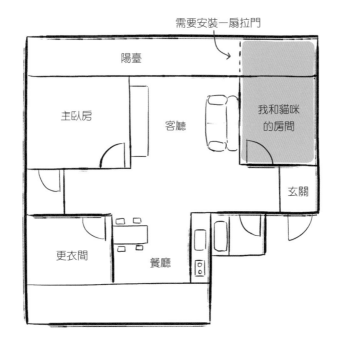

陽臺

主臥房

客廳

我和貓咪
的房間

玄關

更衣間

餐廳

呼…
真的可以嗎…？

孩子們會不會
覺得悶呢…

雖然有點擔心
要將她們隔離…

唉…
在那小套房裡都能住了…

這裡應該
沒問題才對…

陽臺
也不錯耶…

採光
很好…

但是真的不行就再搬出去…
先搬進來和爸媽一起住吧。

＊這位先生選的紗窗非常讚！！
（用到現在都還很牢固。）

就這樣…2006年7月，
我帶著博多、查古、巧可搬到釜山。

幸好她們已經習慣在我周遭活動…
所以鮮少有打擾到爺爺（對她們來說是爺爺）的舉動。

🐾 擴張活動領域 🐾

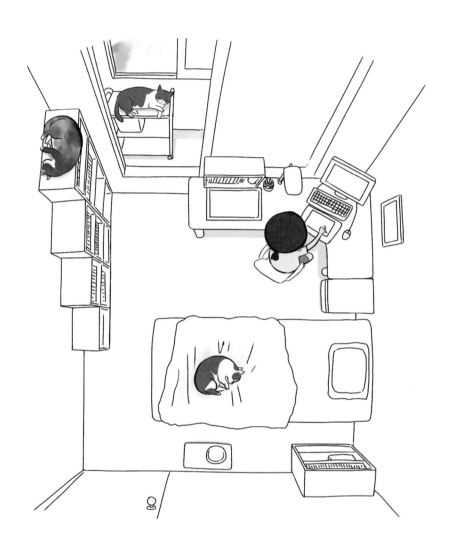

雖然這些小傢伙們

和我在房間時也沒什麼不滿意⋯

媽咪去客廳
看個電視就回來喔…

韓劇要開始了…

喵～

喵嗚～

我們也想看電視
喵喵一

只有你能看，
我們就不能看嗚——

呃…

但每次將她們關在房裡時，都會有點內疚…

差不多在那個時期，父母親決定重起爐灶

186

這樣一起生活幾年後…

注視…

貓推車

連貓推車
都可以放客廳了…

那天不知道為什麼…就覺得好像時候到了。

嘩啦一

欸嘿嘿嘿嘿嘿嘿

就這樣不經意地…

舔舔

擴張了她們的活動領域。

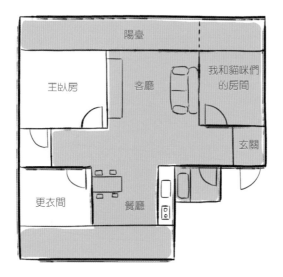

陽臺

主臥房

客廳

我和貓咪們
的房間

玄關

更衣間

餐廳

奇蹟

有時回想起這一切，宛如奇蹟般不可思議，

老爸竟然會和貓咪同住一個屋簷下，

還一起生活在同一個空間裡。

很感謝博多、查古、巧可的乖巧，才會有這麼一天，

也感謝爸爸為我們變得如此寬容。

很喜歡成為一家人的現在。

9.命運般的相遇

🐾 都說不能胡思亂想了 🐾

2009年，博多、查古、巧可
已經生活在一起五年了…

不知道是不是因為
博多和查古的姊妹情過於深厚…

雖然總是努力幫助她不被兩位姊姊打壓，但還是覺得她好可憐。

小時候可能也沒太多機會吸媽媽的奶…

戒奶瓶時還養成了吸手指的習慣。

我曾在街上撿過幾次小貓，暫時帶回家安置後送養⋯
每次都是巧可對小貓最包容。

🐾 夜裡鬧的笑話 🐾

2009年9月22日。

嘿嘿⋯
來穿新買的運動服⋯

嗯⋯會不會有點熱呢⋯
算了⋯反正熱一點
容易流汗更好⋯

聽著音樂走在社區健康步道時⋯

好像有貓⋯
的聲音⋯?

在音樂播放之間
隱約聽到了貓聲。

從對街傳來淒厲的貓哭聲。

大約三層樓高的圍牆上，
有一個小黑影。

怎麼辦？

到這棟樓後面去看看好了

你要在那裡乖乖
不准動喔！！

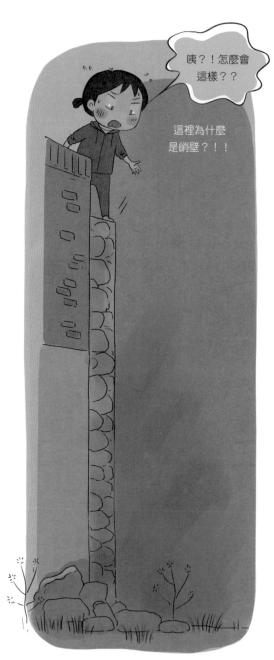

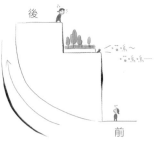

＊釜山地形實在有點難懂。

呼…
怎麼辦…

跑來拜託我
幫幫他的小傢伙。

怎…怎麼辦…？

啊…

瞬間…
終於看見靠在牆壁上的梯子。

虛驚一場過後，

終於順利爬到了下方。

三、四個月大的幼貓，毫不遲疑地跑向我，
把頭埋進我的手心裡不停磨蹭。

怎麼辦…？

沒有包包…

又不能用嘴巴叼著…

爬梯子需要雙手…

也不能把他
先丟上去…

喵～

啊！！

來…
你先進去，
別亂動，
要是跳出來
會死翹翹喔。

喂…
都叫你別亂動了…

嘿咻

緊抓

扭動

扭動

黴菌性皮膚病（錢癬）是…
很久以前小肥肉（第2話登場）也有短暫得過的病。

咦？
怎麼會有
小圓禿…

每天幫他塗藥後沒多久就好了。但問題是…

每天一起生活的
我沒事…反而是…

偶爾來我家玩的姪子被傳染，
所以有一陣子他的頭上也有個很大的圓形禿。

這小子的頭
怎麼會這樣…

嘿嘿…

那隻臭貓…   搖頭

欸嘿！

姊姊→

幸好感染部位

都已經長出新毛了。

幫他塗藥…

看著他不准舔到藥膏…

雖然因為是傳染性皮膚病需要被隔離…

樣子也有點狼狽，
但他和其他國小貓
一樣活潑好動。

可能因為有過挨餓的經驗，
食欲也很旺盛。

他很會踢足球…

自己一個人
也很會玩耍。

跳躍！！

於是我在網路上刊登了送養訊息⋯

也收到幾封領養申請信。

至今為止，
我送養過許多路上撿到的流浪貓以及朋友的貓咪…
但是隨著送養次數越多…
越會對找尋領養者這件事感到有壓力。

成功送養的貓咪當中，有幾個是依然保持聯繫的，
有些則因為種種原因再度被送養…
最後徹底斷了聯繫的也有。
這樣的經驗越來越多以後，
比起充滿變數的年輕未婚人士，
個人會比較偏好送養給相對穩定的家庭，但…

那又不是我能控制的…

哇…京畿道？
會不會太遠啊…？
不過要是願意來接貓咪…

不好意思，
剛好附近也有人在送養
貓咪，我決定
帶那隻回家。

啊，好的…

Mail

家人都很期待貓咪到來的38歲家庭主婦⋯

正好符合我想送養的對象條件！

透過幾次的mail往來…

我察覺到了一件事，

我被騙了…

果然用著相同
錯誤的文法…
連錯字都一樣！

原來是女兒偽裝成媽媽寄信給我的。

寄件備份

你的父母親知道
你在做這種事嗎…？

收件匣

不好意思，我不能領養了，
老公突然住進了醫院。

我感到十分狐疑。

究竟是多想得到這隻貓咪，

年紀輕輕的小屁孩居然會撒這種謊…

被騙上當的自己也實在是…

我背負著極大壓力，

每天反覆猶豫好幾回，

只為了幫小傢伙找到更好的家人…

已經打定主意……八成左右。

結果…
我、博多、查古還有巧可
都被傳染了皮膚病。

好癢。

啊…
好癢。

嗚…
這裡禿了一塊…

⋯⋯⋯⋯⋯

搔搔

天啊…
原本毛絨絨的孩子們…

呃啊啊！！
討人厭的黴菌！！

膽敢在我們身上撒野？！

嗡—

還真多虧黴菌…
才看得到那丫頭拖地打掃…

呵呵

我要把你們
通通消滅！！
這些臭黴菌！！

正當我在和黴菌奮力搏鬥時…
又有人來信申請領養。

和我年紀相仿的一對夫婦，
想要為家中的貓咪添個伴…

其實…
四隻貓現在都得了
皮膚病，應該要想
清楚才對。

要是養四隻貓，
應該就不可能結婚吧…？
嗯…反正我還是
單身一族。

比起在我這裡
當老么，過去那裡
當老二不是更好？

會不會因為我的貪
心，害他失去更好
的機會呢？

我以為我已經幾乎下定決心要養他了…
沒想到又再次搖擺不定。

聊了好一陣子之後…

好吧…還是送養吧。

這對夫妻感覺是好人…

值得信賴…

那我們週末再過去接他。

最終，還是決定送養。

你好～

占據我所有精神約一個月的流浪貓，
就這樣離開了我的家。

隔天…

叮鈴！

啊…

我們把他取名叫
「小賴」喔！^^

幾週後，這些傢伙們的皮膚病痊癒了…
我也為她們換了一座新的原木貓塔。

小賴…

過得還好吧？

要幸福哦，小賴…

我當時每天都煩惱猶豫無數回，雖然真的不是很想把他送走，

但這五年來，我的貓咪一直都只有博多、查古、巧可這三隻…

突然要多收留一隻貓咪看似簡單，其實並不容易。

在那一個月期間，不斷擾亂我心的小子，

要把他託付給認識不深的人，那種忐忑不安的心情…

真的…再也不想經歷。

10.重回身邊的孤兒

🐾 他回來了 🐾

將小子送養5個月左右的時候…

（2010年3月）

故事是這樣的…
領養後，小子出現了幾項問題行為，
但是在先生的訓育過程中，
和小賴的關係開始出現了裂痕。

隨著時間流逝，問題行為不僅沒改善，關係還變得更糟…

最後，我們都決定
不能再這樣一起生活下去。

抖抖

嘶—！！

…所以…
可能要再將他送給其他
人養了…

啊…不行！！

先交由我來養他吧。

雖然目前還不能保證…但是如果可以…
直接由我來養他應該會比較好。

嗒嗒

嗒嗒

他可是我好不
容易才送養的
孩子呢…

想當初我是含淚送走他，希望他可以到更幸福的

家庭裡生活…

我不能讓他四處漂泊。

像神一般準的媽咪

243

🐾 爸爸好可怕 🐾

好吧，先來說個題外話…

2003年中秋，

是我和博多、查古迎接的第一個節日。

怎麼辦？
他們都還太小…
不能把他們單獨留在房間…
也沒有人可以幫我顧幾天…

嗯…

砰

媽咪，
中秋節可以把兩
隻貓帶回去嗎？

哦，好啊，
短暫幾天應該
沒關係…

於是我便帶著兩個小傢伙
返鄉過節了。

好久
沒回家了

嘻嘻～

唷呼～

但是…

竟敢把貓
帶回來！！

是我…我叫她帶回
來的啦…。

在爸爸一聲怒吼下，
我們都被逐出了家門。

嗚…這可是我們
好幾個月來才見
到面的欸…

淚眼汪汪…

我以為短暫幾天沒關係，但對爸爸來說是有關係的。

幸好住在隔壁棟的
姊姊家可以幫忙
收留幾天…

因為實在沒臉回家，
只好蹲坐在
路燈關閉的街道上，
獨自哭泣。

就算沒有貓的問題，我和爸爸的關係也沒有多親近。

我是個沉默寡言的女兒，
爸爸也很少主動關心我。
不，我想他應該是把我當成兒子看待。

＊傢伙（종내기）：類似小子的意思，是慶尚道部分地區將「男孩」貶低稱呼的方言（最近已幾乎沒人在使用）。
＊不是髒話！！請不要誤會！！

*那時候家裡只要偶爾出現老鼠，
我就會幫忙抓（catch），
再由爸媽來善後（kill…）。
（可能會覺得有點奇怪，
但請不要太在意）

被我抓到的老鼠咬了我一口後便逃之夭夭了。

高中時期

當時就連過去原本沒想太多的事情，也一次湧上心頭。

每當覺得自己感受不到爸爸的疼愛時，

有一個久遠的記憶總會提醒我。

咳咳

咳咳…

當時我得了重感冒…

老…老爸…

嗯…？

平常幾乎不會拜託爸爸的我…

那天決定鼓起勇氣，

把準備出門辦事的

爸爸叫住了。

回來的時候可以幫我買
一份炸雞嗎？

你在想什麼？
感冒吃什麼炸雞…
不行！

可是…
我好想吃炸雞啊…
吃了它感覺感冒
就會痊癒了…嗚嗚…

不行！
感冒不可以吃炸雞！

唔…

但是就在幾個小時後，父親手上…

墨西哥炸雞

提了一袋炸雞回來。

比起終於吃到想吃的炸雞，
回家路上爸爸有想到我的那份心
更讓我感到無比開心。

那天晚上也想著炸雞的回憶，
踏著沉重的步伐走在回家的路上。

當初無情地把貓咪通通趕出家門的爸爸，

經過好幾年後…竟然變得如此讓步…

雖然歷經千辛萬苦才走到這個地步…

但不免還是擔心，這一切會不會又瞬間化成泡沫…

爸爸會不會又像以前一樣變得冷漠無情…

什麼？
我一次又一次讓你，
現在眼裡是沒這個老
爸了嗎？！從今以後
那些貓都不准再走出
房門！！

萬萬
不可啊…

所以我很擔心。

🐾 決戰當天 🐾

時間飛逝，到了小賴要被送來的那天。

當時，爸爸突然說了一句話。

自從5個月前小賴被送養以後，
老爸就再也沒提起過他。
但怎麼偏偏在這個時間點？

以後我會更認真打掃，保證！！不會讓他有臭味～至少在送養到其他地方前，先讓我照顧他吧，拜託了～～～～

唉－這完全就是…貓住的地方，不是人住的家了…

呵呵…

就這樣…這小子回來了。

這是哪裡…？

五個月沒見的姊姊們，
用更強烈的哈氣聲迎接小子…

因緣際會下，小子又成了我們的家人。

🐾 他的新名字 🐾

雖然他已經有了「小賴」這個名字⋯

博、查、巧、「小」？？

念起來好不順⋯

好怪⋯

個人偏好可愛發音或容易記住的名字。

所以決定重新為他取個名字，
要念起來朗朗上口的⋯

還是乾脆叫小黑？

小新？

嘎嘎？

有沒有什麼好聽的名字呢⋯

不過…這小子…

像極了所有漫畫角色！

「加菲貓」

馴龍高手裡的
「沒牙」

愛麗絲夢遊仙境裡的
「柴郡貓」

未來少年柯南裡的
「波比」

對，波比！

名字很可愛，
很適合他！

於是⋯小子從此以後便叫做波比。

從以前到現在，不管我叫誰，他只要看到手就會把頭頂過來。

比起以前的炸雞回憶…

現在正創造著更多更幸福的回憶。

對了，還有過去只有三隻貓時，每次都會被排擠的巧可…

現在多了一隻和她一起被排擠，所以比較不孤單了…

（咦？）

命運之繩

或許命運早已有所安排…

誰會想到那樣離開我的小子，最後又回到了我身邊。

就結果而論，這件事情對我們來說是幸運的，

因為他的加入，不僅讓我們一家人笑口常開，

博多、查古、巧可的生活也變得更熱鬧活潑，

對於我的創作也提供了許多靈感。

你是個很有福氣的小子，謝謝你，愛你，波比先生。

11.排行競爭

 這區誰是老大？

舔舔…

咦…？

在叫我嗎？

我們家的寶貝裡，

排行老大的（目前為止）

當然是博多。

呃…

盯…

瞪！

轉！

即便是難搞的巧可…

呋… 哼哼。

我是愛乾淨的小胖
舔舔
注視…

或是厚臉皮的波比…

大姊…

什麼，幹嘛？！

喝！！

驚嚇！！

沒…沒事…

在博多面前都會戒慎恐懼。

然而，四隻貓裡面力氣最小

卻毫不畏懼博多的…

是她的親妹妹查古。

雖然博多力大無窮，

但對她來說，

查古是不可以靠力氣壓制的對象。

🐾 不正常家族 🐾

不過除了對博多以外…

其他貓咪之間則是毫無敬老尊賢的概念。

對於巧可來說，查古很好欺負…

而她倆都是被波比欺負的宿命。

你們這幾個死胖子！！
都給我安分一點！！

唔…

浩克
出現了…

唉～
這不正常的家庭…

挖鼻孔

博多的

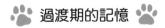

過渡期的記憶

其實，剛開始只有博多和查古時，日子還算寧靜。

博多　　　　　　　查古

雖然每天都會打打鬧鬧，但都只是玩耍嬉鬧的程度而已。

揮打　　揮打

啪啪啪啪！！　　　　砰砰砰砰！！

直到某天巧可加入以後…

那是…啥玩意…

我看是隻小老鼠？

喵…

小巧可盡情享受著對姊姊們又咬又啃的滋味。

然後等巧可長大一點時⋯

博多就不再處處讓著她了。

不爽的巧可轉向欺負查古…

然後又被博多毒打一頓…

你這臭娘們！！
竟敢欺負姊姊！
嗯？！！

砰砰！！

呃

這幾隻根本是
混貓幫派的嘛…

就這樣過了好幾年，

幾乎快要和平共處之際…

巧可：被博多從小打到大，
導致性格有點陰沉T.T

博多

查古

突然來了個老么波比。

這又是哪位？

？

嘿～

275

已經是成貓才加入團體的老么，
一開始受到的待遇比巧可還要悽慘。

每天都會被用各種方法…

教訓好幾回…

博多徹底調教了老么一番。

雖然我們也擔心過這樣會不會出事⋯

但幸好波比是個生性樂觀的孩子⋯

所以決定還是靜觀其變就好⋯

攤

腳

真是⋯

於是⋯

又逐漸找回了和平的日子。

想當初這幾個小傢伙⋯

⋯⋯那些過去也都成了回憶。

🐾 就這樣一直走下去 🐾

他們現在已經會放心地玩在一起…

他們現在已經會放心地玩在一起…

偶爾也會打打鬧鬧。

唯一比較擔心的部分是，

已經十歲逐漸衰老的博多，
恐怕難以招架血氣方剛的老么猛烈攻擊…

波比啊，
你不要一直想贏博多姊姊。

？

你是弟弟啊。

要是博多被打擊士氣的話…
我想不只是博多，我也會非常難過。

喘　喘

加油，
Fighting！！

來，伸直！！
肌肉放鬆…

喵？

按摩
按摩

所以…

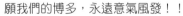

願我們的博多，永遠意氣風發！！

完

究竟是日久生情，還是不打不相識，

又或者是波比浩呆天真的魅力奏效…

雖然他倆不到非常要好的程度，

但是不論吃喝還是玩樂都很積極的小倆口

目前已經是可以和平共處的關係了。

國家圖書館出版品預行編目 (CIP) 資料

給他貓下去 / 蔡有利著；尹嘉玄譯 . -- 初版 . -- 新北市 :
一起來出版 : 遠足文化發行 , 2016.10
　面 ;　 公分 . -- (一起來好 ; 12)
ISBN 978-986-93527-4-1(平裝)

862.6　　　　105017557

一起來　好 012

給他貓下去 보짜툰

作　　　者：蔡有利（채유리）
譯　　　者：尹嘉玄
責任編輯：楊惠琪
製作協力：蔡欣育
出版經理：曾祥安
社　　　長：郭重興
發行人兼出版總監：曾大福

編輯出版：一起來出版
發　　　行：遠足文化事業股份有限公司
　　　　　　www.bookrep.com.tw
地　　　址：23141 新北市新店區民權路 108-2 號 9 樓
客服專線：0800-221029
傳　　　真：02-86671065
郵撥帳號：19504465
戶　　　名：遠足文化事業股份有限公司
法律顧問：華洋國際專利商標事務所　蘇文生律師
初版一刷：2016 年 10 月
定　　　價：320 元

보짜툰